第37届青春诗会诗丛

《诗刊》社 编

暖沙

闫今——著

长江出版传媒
长江文艺出版社

闫　今

1995年生，安徽宿州人。有作品发表于《诗刊》《诗歌月刊》《人民文学》等。首届安徽新青年改稿会成员，曾获首届“恩竹青年诗歌奖”主奖。

目　录

在驶向姥山岛的渡船上

昼色凌水飞行。“其下，起褶的湖，少女揉皱的床单。
她的短发——闪光的星群四溅。命运和湖!”
可是我喜欢他六指的手充满谎言，他儿童的眼睛。
诗人，快停止驱向语言密林，扬起花椒树的阴影作帆
一寸寸越过岛，丘，空无。越过湖中浮木——水鸥，
爱神之鸣禽啊，请指路，我来束发。为炬。

2017-11-07

兮我黄杨

十七日夜风雨大作，最后守着“等我”的女人融于涛声
她迈向孤独时日已久，愈恐惧，愈深。此时她的灯塔
成形，雨水嵌入她的歌声，更多的波涛和光泽啊风雨大作
但没有任何猝然爆发。她消失得像泪水汇入流水，像
枯枝的余烟。余情未尽，余哀未平，却听远方狡童传唱：
“兮我紫杉，兮我黄杨。山有龙潭，濯我旧缨。”

2017-11-19

十二月

鸟鸣从高处，朝我们灼热的身体上泼洒，一泻而下
几种瘦得以预知。群星消融，清白死物在冷光中的瘦
满携着深默、严肃的老者的瘦。杯中青蛇，悬置于
女子的耳垂。凌乱的斑点，几束。光与影，几只嘴唇
薄衣衫的瘦，薄腰的瘦。舞步从郊外飘荡回来，至胸口
十二月的冷眼：寒枝攒动，朔风劲哀，榫眼精准。

2017-12-02

大不妥

大不妥。深夜开车在街上，寒风中空无一物。蛾子、
蛙、鹭鸶，轮着唤，轮着放哨，一只接一只从墓穴里
爬出来。烟光明明隐隐，我，这条街。我，这辆车
大不妥。回吧，明天墓前必会有几只碗样的窝，你们的
膝盖。在年轻的那一次之后，又把我烫了。大不妥
回吧，我身体的坛子，再取不出什么东西给你

2017-12-05

红　鱼

美人盛产于旧册又或猜忌者的眼中
“我早已遗忘她是怎么到来的。”
她背后的书法是怎么到来的？宋瓷、银器？
所有被女人直视的部位都显得油和伪
（艺术品尤为）
在格局的锁骨处应加以点缀淋湿的长发
纯正的棕色眼睛。我一样爱她充满巧合的假象
你难道看不出吗？我这观赏性极乏的活物
更有可能拿来一只苹果：奇才的苹果

2017-06-26

黄　钟

我所能看见的线条贫瘠到在日落前就消失
年少应“力戒色欲”。而夜色渗出的撩拨趋向无穷：
女性巨人裸睡在房屋根部，她握住“两眼昏花”
这件事物的周径并以此判断你在望着她
独立思想支配了一切，一把提琴、一杯红酒或
一支玫瑰、一个自电梯向上的女人
我的畏惧紧紧依附在门的铜把手和玻璃幕窗上
凝视黄钟的人，让我和我十九年所有的归零

2017-06-27

断　章

楼房中有千层的婚丧和
与之对应的发愁的父亲

当我可以顾及全局，
盛气奔突的火焰慢慢减弱
我不确定哪一个先到，
死亡顺着家谱节节破开

2017-06-20

黄昏时

缩时视角中，晚霞汹涌
我是被众神享用掉的那一部分呢
还是散胙①？

别无所用，我这具粉骷髅

2017-06-24

① 胙：古时祭祀用过的酒肉。

伪　饰

（给丰寸）

异地的恋人因为饥渴而幸福，
他们接受由浪费分发来的喜悦，轻视戒备之心。
拿掉它们：安逸的伪饰，攻击性惊人的掘墓人。
不如蜕掉一层皮去拥抱，理性对于我们有什么用处呢？
我们是在虚幻中拥抱，犹如无穷的细雨落入无穷的饥渴之芽

2017-07-22

初　二

红屋顶望着满月。从背后世界传来的一声鸟鸣、
风向标和雨滴的响声，像雷电的余勇，又如
标志着秉性恶劣而虚浮的情话在即兴吟唱：
“我这里初二满月，我这里初二离别
我的血管内壁变成外壳，我是假设的那一只鸟
她会拨动几根琴弦，双眼含泪，向我赞美
你罂粟花似的辩白和眼睛自携的号角……”

2017-07-25

裸　水

这一束光，（太阳的弃子）从玻璃瓶中溢出，
房间昏暗么？非如是，你私吞了一段，不然你的
气味？略甜。加之玻璃温凉，绵绸的焦躁以及
水流，气流，光流，再以及你覆手之间生出的姜辣
这一束光，（夺门而出）消失于茫茫天际，
房间昏暗么？如是，（偕老）不焉得
葡萄美酒亦化作，裸水在两具肉体间流动

2017-08-21

道德的十二只高台

意味着响起你混乱的叹息，我额头污浊耳边有
清脆的爆裂声：一只玻璃瓶跌碎，它的束缚
（你这只纯洁的玻璃瓶）就失踪了。我跌——落
道德的十二只高台，无果。我跌入，锁骨，腰窝，
皮带红印，试图打破血缘壁垒，无果。高手冷眼旁观
雨后，泥土的洞穴瞬息万变，卵石仍在水流中

2017-08-18

半只梨

复杂。我爱。我，一个个的碎片的我，扑向
你的车窗。你亮如白昼，享有白光中绝对的清醒
复杂。我的复杂是，后天我要离开，到达。到达
请，解释我的复杂，请看出我：我从你的视线外
飞过。从你的视线内飞过。从你的车窗外……
但是，你不会。半只梨子在我手中，在我的筵席上

2017-08-28

不　嗛

推翻。逻辑，你是养猛虎的人，喜欢
往我脑袋里砸钉子。这一点，我不与你争
推翻：痛苦总是“溶解于稀薄的海水之中”
即便是草木折裂的伤口也分鲜嫩和
枯脆呢？长路漫、漫，日子长流而乏味
我急需这其中折伤的草叶，划破我。嘶——
身后已经破烂不堪，身后一人说：嘘——
推翻，不就是推倒，翻身吗？
你爱他，已经爱完了。没有可说的了

2017-09-09

了尤未了

我要你口中杀无赦的月亮刺穿我心脏
我要你的铁轨搭在我额头。我献出我的鲜血
无用。早早不是纯净的羔羊之血，但我。
没有别的，作为交换，你要我磨损的皮肤和骨？
哪怕，给我新鲜的梅子和生梨。唉，我甚至
不能叫你，我们隔着病态的、瘫软的忧郁
唉，我，我最后要这个隐义既定的句子
我要这重意思：君生……君生无憾事

2017-09-17

不动，冷

也把我撕成“不可捉摸的一丝一缕”
飘荡、无骨。这个世界，自有其巧妙的错觉
你了解得越多，它的自我设计就越精细
终要择路而——择枝而栖，择人。
今晚小雨中的月亮，你要为此番修饰负责
雨水在床前挂了几千年，突然开口：哦，算了
哦，明白了。纠缠的方式这样破解：
不动，横折弯钩。冷，竖折折钩

2017-10-04

从绿色森林中穿过

长途汽车行驶在夜间的公路上（酒店标牌
构成的绿色森林），车窗外洒满了星星，
提到满。同行的一个小朋友说，
“房间里堆满了盒子”。他八岁，知道什么是满？
也如此刻，我的野心之内：几十层堆叠的星星。
这就是满？晦明不辨，方形的星星和
令人舒适的满。膨胀后被克制的欲望的满

2017-09-04

遗情将歇

贴身抱住这些火、炉膛、蒸熟的小麦，热浪绵延不绝
梯田、盆地，力气的碎块丝丝连连，头发、尾椎、脚尖
仿佛是掉入黑暗的两片，砰当——传回岑寂白亮的回声
这回声又慢声慢语、瓮声瓮气、渐烫渐稠。啊，热浪。
哦，回声。贴身抱住这些火：水汽、枯荷秆、塘泥，一些
螺蛳，疼！疼痛如绸缎样抽去。书生欲起，遗情将歇

2017-11-21

游　魂

(给叶丹)

寒，锋而辛；冷，阔而沉。我艰难地学习这等湖心一亭
的素描技艺，因蜕去周身薄温而行走不畅。胃中千千结，
喉间有鲠。两年前，我在家门前的水塘中看到这映像：
“漆黑的暗夜蝙蝠呼啦一跃，门锁吧嗒一响。入海口处
跫音臬臬，巨兽的尸体埋葬于此，巨人的灵魂随良知飘荡”
“长人千仞，惟魂是索些”①。我偶然显现的天赋彻底失去

2017-12-18

① 出自《楚辞·招魂》。

栖　乌

午夜钟声仅用于“当——”敲击我的脑壳。散去
猛虎若干。不能完全，高温和两具高温，像浮云般沉转
你唤我老疯子罢，要什么可否、可否。尽去撕衣裂带
我眼睛里的红纶，你要对开，三开，四开？或红纶与我
转瞬而逝的茫茫弹性与光滑。或你的牙齿与肩带
任由众生惶惶西去。栖乌惊起，回音潺潺。

2017-12-10

暖　沙

暖沙淅沥。你隐身的符码就散列在沙粒之中，数次我
独自吞下无源头的鼾声之诱唤。状如巨型飞禽的两翼骨
暗暗颤动；你力所不能及处，海棠花奋力一开。暖沙
倾盆。万枝谬论应运而生：“陌生人，我一见你就
目迷心醉。陌生人，我等不及要沉入你的野蛮热血。”
幻象的欢愉叠唱。归我枕，归我枕，九节菖蒲一衰灯。

2017-12-13

和解之词

一些预感式悲剧微尘般漂浮在黑暗中，它们欢快地黏结，
和碎化，随意寄生。我往常独自啜饮的轮廓，模糊，如此
敏锐。此时蜷得更紧，几欲断裂。叹息这，诱人的战栗
温柔，耳垂滴血。在绝望的天幕降临时，我爱①，给所有人
让路。温柔的战栗，我将抚慰你如同婴孩。我将赤裸，
要你的猩猩之唇音乐一样落下，高低缓急，凹痕四布。

2017-12-22

---

① 我爱：名词，我爱的人。

寒　靡

祛疫香的烟霾杵着我的头，丝麻感殃及后背，茸毛耸峭
精妙如鲫鱼掠过般的抚摸能持有多久，我。一副寒靡之态
放纵后身如葱皮。欲水退潮，仅剩几个秋后的哆嗦，不时
一阵咚咚哐哐的响。孤鸟几只，声戾无常。且埋头在
市井之中，它物暖灼灼烫，悬而生生不停。你阴极，齿啮
芦哨而吹，唇出小语；又酣热，两股忸怩，一摇深三楔

2017-12-26

Gymnopedie[①]

不能再多一人进入。他们，原始的火焰，围着它
胯骨上坠着的银铃，回旋。与象牙般坚硬的，赭石
漆黑欲滴。持续滚动的喉管加热这，舞象，引出野狐、
女狐。不停闪烁，碎玻璃样的红光，牙印窃窃。艰晦的
锄头忽然嵌入，于空气中破开两寸。那同一处，涌出
无数嫩笋。幼兽弥悲，围着它，旁观者生出满头杨柳

2017-12-31

---

① Gymnopedie：神秘而深沉的裸体舞曲，也译作裸体祭祀舞曲。

记一月二日晚小雨

街头银杏陷入作茧和突破并驱的迷窟中，中有报应
白无血丝。暗夜猎犬跳过无声的琴键，对我吼道：站住！
你爱的那人已僵化为石，障碍显现并浑然横陈。此风
此水，皆另辟蹊径走往确切的自欲客体，密而微的
小猎物。你如此打磨，如聋如哑，伴随着触摸和涨潮。
初次合拢体验，隐形的面貌皆如谎言浮上阴雨无穷的表面

2018-01-02

在此时，打开我

我迷恋你俯卧的身体仿若仆碑，皮毛的丛林激流过境
你的意识完全地苛求，捕捉且感受我，你的四肢如桨扑打
水面泥黄，没有目的，毫无节奏。我迷恋你暴露着怯懦的
眼睛，仿若深夜独穿墓地，你的喉结和舌头缠住野蒿
滋生数种毒蛇，抬起微弱的它独有的脉动。在此时打开我
像被牙齿咬开的啤酒，以乞求的神色充盈泡沫流干的空虚

2018-01-03

飘

我在积雪的林间停下，注视鬼魂。它们隐隐呈现的肉身
一部分飘起来，几个女性，她们。也注视我如同
注视她们的弃夫。粗糙的树干上沾满雪粒，它们。
谁的歌声唤我，穿过人群毫无痕迹地爱抚你们，女人。
伟大的囚徒，我们终日制造的是什么？那令人窒息的
种种隐喻都化成裹尸布。它们漂亮极了，无一例外。

2018-01-07

你，和你赠予我的一切

回想，像梯子一样倾斜，每日流逝。但其中卷覆的错误、迷惑和貌似醒悟的并不一块前去。我长时间地消耗在想逃开的想上，湖水、柳树、梨花，为什么会被你据为己有？从它们身上，我不能再获得动真格的惊喜。你的线衫下，日色的乱涂之怀，柳叶喁唱，震耳欲聋。这些慷慨的悲伤：你，和你赠予我的一切。

2018-01-19

蓝调：暗室里的窗帘

通连着你歇息的湖脉，我在这里。垮塌，灯光交谈，交换
投射到浴缸中（低声恸哭）。几百公顷的浩淼之一，幼女
沾满泡沫，积水和影子。缺陷和试图挣扎，把控你的爱慕
我对“知其所以然”日渐失望，身在暖室的人，起身时也要
跺掉靴子上的雪，搓手哈气。好像从不存在（活生生的
罪恶念头，眼睛之后的眼睛）。好像这样，我们天生般配

2018-01-24

记一月二十七日雪

矿井幽深的洞穴，释放一团音调，竖直上升。误入雪：
“我不能在大地上的任何地方久留，地下死人的味道
散发着浓烈的异香。就在我身上，这些液态的黄金，
不间歇地滴落。”雪号归愚，“我所思兮在鸠兹”，乃走。
误入松，三四个松针吐出橘子汁，让它活转过来。“我
忠贞且娴熟，跟运尸队一样准时。我所思兮亦在鸠兹。”

2018-01-27

要，噬咬

你摧毁我就做我的帽子，亲近我就成风。壁炉倒在
暖扎扎的蒲公英丛里我要，三十岁。要，噬咬。刮擦声
丝丝切切，手掌的浮雕划过，腻动，一大群失语的蝙蝠
伙同闲人规劝，自散（纠正不得且无他法）。你记住
驼背而非细白的肉，没有衣物蔽体是“每一朵玫瑰”的贫穷
行进中，危机绽裂。暴日下的拱门不能按捺（任谁也是）

2018-01-30

初　三

从楼房的阳台上望着对岸，几棵树站在死水中。这一幕
直到傍晚开始。灰红的旗帜，“顿生喜色”，他的胜利之师
我向东而望，期待远方的空寂中传来一声悲痛溃散的回音
或内疚。出于自然的顺序我也会，等着月亮升高。拿出
破布铁钉，以恰好与以往的种种一拍即合。可是纹丝不动
或是它们已悄然无踪。向东而望，东塘揭起，水禽高俊

2018-02-18

长山路桥

在早晨的七点钟，十五路车驶过长山路桥。浓雾拂动
阿根廷的忧郁之花，从我醒来开始，此句定语频频朝我
闪现。这是三个正值青春的少女，淮北市民（此时就
坐在我旁边）。或者只是皮扎尼克，她的语言播撒各处
而她本身沉默如谜。更远处，田畴上作压制用的坟头
筐篓般机警，以呼应那些流动在稠密记忆中的深绿色群蛇

2018-02-22

读：广西桂林人

我比浮在黑夜表面的霓虹灯更接近隐士，复眼鱼钩（由不眠的野心锻造）悬坠着熏风，大批量的春夜暖人脾胃从四方高楼的岩石中我砍下一块，一个从未谋面的广西桂林人。他颈间的香息如烧焦的火柴杆儿静滞，冥想者冥想者在风的腹腔中发出辩论，激烈地，和他浓发丛丛的诗人。那声音像旋转的房间，空抽屉。像漆黑的深潭

2018-02-24

夜雨寄外

某夜，他脑后新增生的突触捕获了少女困惑的瞬间
但没有真正触及劳累。他飞飞停停，前戏冗杂又生动
老诗人把新的语言泡沫推到表达边缘，他手掌的带子：
夜雨和少女（雄辩中新萌发的少女）衔接得几无破绽

2018-03-17

旧　楼

旧楼最后活着的两口窗
十三楼昏黄的爪子吊着十二楼青如白斑的短发
他独自坐着，一边抬头看他的老年熊熊消融

2018-04-12

送新娘

长着红斑的食指压在嗜睡症患者的眼皮上，在睡眠中擦动
夏日之日，烧炭的食指管道。某只鹊鸲飞向林中，勒紧
它自己的缰绳。一团瞬息，铁索。圆整的烙石般流动
珍珠手镣把刚发嫁的新娘揽在胸前，“戴着吧，正合适。”
褐眼鹊鸲飞向林中，两架掘土机在水塘边运作。膨胀，
野风颠颠簸簸地吹奏，幕后舵手驱动婚车驶入巨兽的吼声

2018-05-24

诗人、妻子与叉

壁灯今日份的凉水在它熄灭后泻下来，像一兜液态水杉
灌入，我新敞开的腹部。它的环-路径冰冷，微光隐现
低语迂回跳跃，“应该兴奋，应时刻展示盲目的幸福。”
闭好房门，等待，在下轮暴力的清晨作为新的接待员①被形成
作为新的实物。我将，在清晨戴一顶棒球帽，举起一小勺盐
油烟机下缘挂着几滴远古的琥珀：蜘蛛捕蝇，生肉暴裂。

2018-05-30

---

① 接待员，美剧《西部世界》机器人扮演的一类角色。

kar-98k

位于地图北侧的河渠，蓝色液体，纯净。摇晃得悄然无息
它危险的刺刀内衬将穿破它的表皮（松弛而稠密的刨花）
两分钟之后。作为另一种形式，毒雾。穿破野外波动的
枯草一根，穿破我的盔甲、灰衬衫和肺。最终我收起步枪
在决赛圈的屋顶面朝 R 城，（它真像出生地）。“被击倒
以悦己”。空投处燃起警示烟雾，腐鼠饱腹，越鸟挟城。

2018-06-06

给孤存

他撬走他们的牙。黑云被群尸的裂隙释放，16:00，12℃
摄影师的黑布罩住取牙的商贩，他的头和铁皮小桶因此吃重
撑开触须。(影子-显像。漂亮士兵，不竭的感染源。)
厨房下面的地窖存储着最后一批绷带，一些弹匣，医疗箱
树液辛辣，附着在玻璃碎片熏黑的刃上。(它会重塑灰烬)
镶嵌白色虚线的屏障翻滚着碾磨木盒，豹子在他左眼的厩中

2018-07-20

无　题

河水不时服用游泳的人头以延缓衰竭
它把这些将死的呼救磨成药丸的手艺越来越精湛
被顶端索取者钓中的鱼头七时坐在河渠上滂沱大哭：
河面，它长久地撒开乌鸫的饮水之网已经损耗太多体力了
一个中年男人用它过剩的情欲在水波的罅隙中随意填充
他和柳条隐绰如市中心墨绿的教堂与地下街道交汇

2018-07-20

献给大提琴手约瑟夫·葛托夫

1

第一小提琴——右脚纠缠的蜜蜂野蛮地挣脱翅翼
第二小提琴——黑色高跟鞋上两把短匕展列
中提琴——夜与盲的中筒袜裹覆着圆弧的画眉，使它安眠在亮黄棕的大厅上，又像正处于
弥留之际。虚像的弦音绞合了浮尘滴落，那小眼珠上微垂的薄皮一绺。

2

蜻蜓聚集在暗室一壁，向远不可测的出口发出谨慎地试探
铩羽，败落的成因片刻化作筹备时盲目与殷勤的黑色颗粒
成为新的路障。小喷泉现身夜的穹顶，将它们击落在
餐勺齐具的汤盘中。破洞在翅尖扇动时嚷作一团，它自身的
慌乱缝合了裂口，像漏水的花壶捕获了泡茶师的指癣

3

单向楼梯扎在昏灰的斜坡上，白鲸！脊皮黏滑，冲破水泥的

糙面。教堂四周皮靴湿哒哒地踏跃，塘泥表层盐粒翻白
像绳索上晾晒的糖纸，持续抛出锡或假玉的光束。人面
闪灼（它终消逝于暴雨的水沫，而无法依靠记忆的
气味存活），《惶然录》的写作者在一条巨大的标记前停下
他的脖子被缰绳勒紧，那些字是“令你自省的瘀痕”

4

鸡雏的嫩毛儿挂着咸腥、凝胶的半球。沙粒湿腻，抓它的趾
群鸡中偷懒的男性一块来舞动这只稀薄的裤管吧，肥大啊
持久地飘拂。大街欲奔走，携小石，塔尖儿浓得葱葱
苦闷的嗤笑，一声——在你撬开坚定的锚（湿润的好空气
打磨布料），像一卷培根滑入沸汤。这是歌声嘹亮的场合
这是后来无墓的尸骨。他们地毯一样联合赞颂赤日，日

2018-08-22

湖　水

她在湖的咽喉处止步，四肢通透，几乎要被鱼鳞的凸缝
擦伤。对岸楼群在夜幕下失守，成为蝙蝠聚积的巢穴
红灯频闪，呼应树丛的幽灵已就位。两只阴魂从浮木
腐洞中取出生前汇总的冤情，水鸟的怪叫拍打湖面，像
婴儿被生母掐住气管。它们仗着尖锐的翅膀，人头附近
利器翻飞，弯刀，劈下女孩的睫毛。围栏，铁质稻草
救生圈——硬塑料的浮屠。如何复述，路灯下塔形的鬼骑
攻阵，兵甲齐整，或是那些朝她涌去的温柔的嘴唇

2018-08-26

求　生

富含斗殴性质的雨水转入湖泊，环桥。少年，暴雨的深林
头发——湿的数缕，吞掉一截白舌头。喔，顶着樱桃红的
长矛尖划地，芦荟的断片在他炉膛中失控地扩张。皮肉
青白，由化纤背心紧裹着。侧叶的小粉苞，像双人舟在
迷雾中涨潮。他的眼睛，旧湖堤的往日餐食罗列其中，
种种。暴雨的湿蝴蝶摧毁鱼的血管-文身。唔，肚皮白

2018-09-07

大　醴

他的中指只愿意伸进气球的脖颈，油桶中的气球，溺事：
护士深夜前来，取走果篮/吊针内的香气，香蕉，葡萄籽
只有在望日投入湖中蟾宫的人才会拥有惨月色的脸庞
皱纹的水波。一旦女色架空，病号服下毛茸茸的皮肤
纷呈磨砂之质，他崩裂的指甲被置于藕粉色丝绒的匣，
他的原型荒凉透渗，生前未流尽的汗珠饱满消逝于烟霭

2018-09-07

他土星环的嗓音

他土星环的嗓音在山丘上漫游；赭色的砂壶胆内
断层的缺口闪电状咬合；纱帘的刺绣，刺绣，刺绣绘声
腰带被汗渍沤醒，常用的孔洞最为肿胀，脸颊、吊带衫
它们靠自己就能完全地运行不歇，像太阳火赤，彻底倦怠
真好玩。并在那划出独立的图腾，两兽一体，异色，因此
它就不可能把人们引向不贞，就像空调吹冷的肚皮那样

2018-09-16

启示录

铸剑师锻造的手指，撞击时刻表，每十五次喊声一计
剥开皮匠，它的深巷。中有烈火烤舐青麦，和团结的风
(谁想被单独绞死?) 整个九月，畜皮管道里的低温
剧烈运动；与暖流相汇，麦头攘攘。偶尔，圣灵在派对上
起身回敬。人们说：启示！人们说：现身！两类小腹云集
与火光拍击，融合得茂盛。两块小腹在火光中飞行。

2018-09-28

藏经阁

殿的斜角高矗。冷辉，圆圈和刺，绿松石的鱼鳞。文殊菩萨
裤脚高卷，啃下功德箱的香茎；异形灯，酥油塑像十万盏/头
狮子吼弥佛。点·额。堆绣的中药味致幻：飘飘沉沉
切切斯斯重甸甸，让咱们把手摸进昏暗的各个角落认真得
发抖。怪神歌舞年久，用心得乏味。诶宽袍，宽袍底下的
面孔层层蜕落。诶长头，怪神歌舞年久，用心得，诶长头。

2018-10-19

她腰间

她腰间有一柄锥子的空缺，阿是穴，凹印的空缺。哒哒
［只让留在凹下部分的油墨转印到纸张上］只让酸牛奶淋湿
酸的、热淋淋的转印。二十岁前的几双手把纸张揉糯，锡的
软塌塌的，等着空缺的一印，深夜的一印，正午的一印
没完没了的，木头像、塑料花、铁皮棍、圆球的，在她腰间
印出渔网碎，破渔网，有经验的。噗①，空处把她击成渔网碎

2018-10-24

---

① 噗：象声词。如：噗，一口气吹灭了灯。

米拉玛

仙人掌。惰性在场：与它构成类似色的准线强调 M24-全息
百米外迷宫楼，三级头盔减伤 55%；我应该等待着脚印变淡
“神应该等待着糖的融化”，假如存活不以无限接近一的速度
减少而是此证，实在的时间；蓝采盒，④号队友被击倒，
救援的十字架，接近即表露，措施失常，废车头缝隙的某肢。
米拉玛，我背着布满痉挛的烧火棍。行色木滞，弹走修椽

2018-11-05

日出黑马河

羊骨冻厥，单只，添进磷火的炉灶，日晕的镜孔。黑色马匹
斑纹底下刷薄冰的草料咽咽作响，好似穿过病肺的歌声
黑色马匹有栏无棚。短毛挂毯，1000 目日光打磨的荒原
旧得颔下发芽的青头土豆的荒原。兔穴在饰纹中移动，像
熔铝的碎浪，像颤悠的流苏。湖边尽是盛“的”的无檐软帽
别去，虎鲸在浅草滩上喷水，跨过防盗条，鞋子湿得厉害

2018-11-23

神秘园的哀叹

按键，分解（束袋的）绳子。神经的走廊里苹果花蘸醋，
泡水的苹果花在地板上流淌，和漏雨的练习。像弹自己的
耳廓。下降，耳廓垂着未滴的糖汁，小指盖的月牙，糖的
高光。注视那排队的画像前进了，潮的内核被抛下深井
（你知道他会回来把井盖打开欣赏）注视那排队的画像
跳舞啊，逃和追。那按键，是浮法玻璃和原石籽料的旁系

2018-11-10

哆啦与雾

光源的茶渍，粒度 100，疏叶，劣质毛巾抹过玻璃的线屑；深井洞窟，蜂巢状密集的悬棺。转告，他的断头摇摆得像纸灯笼，那人徒手抓肉又撩他头发擦虎口，抹干净嘴唇。回手，掏，难道炒咸酱的气味不足以关好门窗，二手沙发的框架形腐味液化渐匀渐淡，好像潜水 2m 的污点，我们屏息走过去。漩涡的笔迹刻入颧骨，无时不被怂恿的面具凸点

2018-12-22

柘皋桥落日

六点钟落日的材料划拨金钱豹纹般的镜子，象牙箸搅拌
透过肌肉拉伤的白色果冻，两枚眩晕的晶状体。水深处
树群和整个今天都像秋蝉的翅膀：线悬的松动。加深工具
施虐般 Z 形涂抹，让逐渐变暗的事物更加卷翘，其身未殁
想不起来的事就会狂追它们。没有和解苗头的流态蛋挞
常年内讧，放阿骨打进去，别上门销。世界又掉撮儿灰

2018-11-28

白塔山一驻

兰州，壁画突变。辐射的源点湖泊凝滞，水鸟——冰棍冻伤的
白碴。声浪，（安神药效力减退，高压蒸气，锅盖喘鸣）
黄脚银鸥抢食驱逐机的轰鸣声/酥油烧饼，粮草补给/震慑
10 月 10 日栖息地，它们的馍箅子上，只有冷凝水沆沆不壅。
守军从黄河铁桥败走西南，面对自屠，铁链拼命抓住寺庙
不使它坍塌并作证：真实，勤勉，兢兢业业。像愚忠的员工

2018-12-29

弃　婴

隔壁在钉墙。间歇里的咳嗽声像膨胀螺丝挤压断口，停顿
锤子（编号 80 的笔刷）涂出脐带的亮面，底光。正片叠底
无色相灰，选中顶层线稿路径，松花蛋清的墙皮薄而韧
肤黄色漆料，球面渐成，有如旧事浮出。侠客在盐矿监狱的
墓地停下时，新掘出的泥土仿佛服刑人的内脏。它因为
没有指甲钳来撬开棺盖而死于“瘟疫”，临时起意的活埋。

2019-01-04

记一月三十日雪

被支持的某品类自由，灰融水与调和的菠萝酱浇在瓦砖上
患佝偻病的老头儿挨家挨户发财神。弹跳球的光束裂变
东塘枯木森森，在浓雪里烤得通红，仿佛通电的豺狼，
眼里亮着孤寡老人的窗。据做了烟花引线的旧灶神转述：
操外地方言的儿子处处断人话茬，他即兴虚构游历的
技艺如同秸秆虚张声势的火舌。兆丰年，瑞雪杀死肇事者

2019-01-30

24日在拉卡维

植草皮的工人曾在这里劳作，预留的渔网袜蒙版作灌溉渠
画笔混合器大面积区分杂草品类，Ctrl+U 在相邻的图层上
不断弹出。模糊工具，线条状雨滴有足够的暗，敌方温雷的
几秒内决赛圈迅速长实。两块山岩，为了塑造体积感及湿水
形态调高的饱和度干扰我的准心。切枪，选择图层，套索
选中，Alt 从选区减去岩石，打开红点瞄准镜。文件，存储为

2019-01-25

布格沃镇[①]

路面积雪，两轮驱动程序失灵，反应延迟的暗流上漂着
缓冲时间的浮油。救生圈临时充气，叠加（向上的）浮力
大于面粉筛的网眼，将我们拦在红色塑料筐，次品存放处
五米长的铁护栏后。雪把年迈的保险杠和前灯扫进磨眼
薄冰割下车牌的鱼鳍，沟里上扇碾碎头骨的声音清晰可闻
矫正时雨刷器沙沙地磨牙，好像死神返程，它的鞍绳抖动

2019-02-17

① 记一次雪天事故。

提琴弓上的香菇

裂口，丢进喉腔的冻木。像铁皮刨子把皮鞋片开，小腿。
木匠兜里松香纳垢，积年练习让他娴熟地患病，腰椎受虏
酷似提线偶人，缠满前任的绷带。称人结在窄门时收紧
琴弦锋利，割出四角星的前奏。侧切牙打滑，持续打滑
香菇蘸酱后被撕成菌丝，根系与土壤接合处生满肺气肿的
后遗症。他房屋背南，高烧时就坐在室外，融化的软水管

2019-02-04

浮世绘 A：烂洋葱

烂洋葱，（内胆熟得果核似的）气囊肿，生肉汁外渗
硬痂给泡出羊咬齿的边缘。圆柱上融化的鱼胶，白色潮汐
非工作日时反复演习，高烧刚退的自发的，熄灭的喷嚏，
口渴，困意；烂洋葱，他腋窝衰老的皮肉般松松耷耷；
晾衣绳上没脱水的腈纶衫样吊着，它保护的什么来着？
生粉，肉松，软糯香腥，薄皮核桃，还是核桃样的糕点

2019-03-28

十　月

规律，松动的气候里高悬着时钟，发条锈蚀或免钉胶作
安定缝合颅骨。或静脉注入青海湖，水中我的脸出现得
多让人眼花：护士说此地不需要佩戴学生证，她像从
案板上拖走半扇生猪肉，演示给实习生看，必须调整成
正确的体位：左腿卡住第二根栏杆，右腿入水至膝盖
她喊醒我，她扶我坐上轮椅，她在我床头留下酸奶面包。

2019-03-24

在 OPUS

尾椎间的鹦鹉螺牟牟在原木的，腔室。墙面假滑，它触毛的
瓦斯，口球的瓦斯，进化就是追踪至高维的连室细管的瓦斯
以枪形纸钱弹释放，坟头蹦迪！注意！这里是城管！这是
城管协管！好的。好的。好的。好的。Ba-bing，ba-ba-bing
Ba-bing，ba-ba-bing，Ba-bing，ba-ba-bing。63-94 只
无吸盘的腕摔向弹力床，氧气泡在上。Ba-bing，ba-ba-bing

2019-05-03

1848. Gif

机械眼睛反映给我愉悦的笞刑，回甘。针筒做皮试带出的水柱在她耳后皮肤-光斑的通道上爬行，假玉珠子的场次满满当当。“用又是舌头又是牙齿的贪婪咀嚼馒头，叫他亲骨肉，像抛锚那样把他沉入闭合的房门，再扔掉钥匙。”1848 年裕记银楼，客人来打项链坠子——要健硕的腿和对衰老的性器的同情，要诗艺的磁石一过，它就瑟瑟抖动。

2019-04-21

举灯牌的男人

对，他因看见有罪论获刑，两扇肩膀刮擦这暗流，雾蒙蒙
平常得像羊水里的死胎，全然不顾母体哮喘病人似的吸气
他走动，地基深处的骸骨就走动，棺椁皱缩，他的爪子皱缩
谁知道曾插入过哪些女人的胸脯？舞池中常用的望远镜
望向他的尖头窗，彩玻璃。像“台阶比他预估的矮了几厘米”
跟随他是令人窒息的体验，试想在逼仄的蜘蛛网上生活？

2019-05-06

圆剧场回梯

蛮石的圆剧场回梯–人皮鼓膜喇叭，共振。观众席上，
火苗群落在一连串的微小爆炸中损毁，作装饰用。客人们大吞齿轮油，看着表演者的零件因机械传动崩溃，哗啦啦撒落。机壳表面蝇的钩爪，颊骨的石膏碎块震颤麻痹，像退役多年的跳绳运动员。类似废工厂的残骸被 **DJ** 台接连抛出，年过九旬半疯的老酒鬼和他胡乱堆放的乐声的电锯

2019–06–20

在造船厂酒吧

女招待的眼眶骨焕发磷光，吊镲嚓嚓，与她山根构成的
地形混响。换一次烟弹，金属乐声的峡谷就更新一次
律条，所允许的限度之内的不正当关系来源为叫
“螺丝起子”的鸡尾酒-橙片。(大面积铺色时用的冷色)
如马肺，排气扇交换室内/室外废料的烟尘；如马的
肺活量，呼，英语语种国家的圣诞铃铛随之叮叮作响。

2019-06-28

浮世绘 B：1/8 虾球披萨

爆浆芝士，铁皮上滋滋冒烟的棕褐色油斑圈（蛋清沫圈）

烤箱里的颓废哲学，像康德给德国学者带来欢欣那样。

九成食客是开日租豪车的暴徒，他吞下 1/8 片热披萨，

把烤焦的边角渣捻在桌布上，用纸巾包住仅有的虾球

他碰掉餐叉，那些熄灭的预兆即家禽式兽性表演熄灭的

预兆都因饱食暴露出黯淡和瞬间失去道德约束的一面。

2019-08-28

褐藻门

他推测房门之内是冷水性种类的海带目-群，被胆怯压制的勇气突然反扑，穿过积满往事、与他毫不相干的仿佛幽冥的旅馆中庭。他打算以半开玩笑的口吻请求："指引我找到戒备海带的缺口，让我取下你身上闪动着探照灯光的鱼鳞，我抚摸你，它们就从你明亮的肢体上反复落下，一种充满激情的无限填充的落下。"

2019-10-06

光影里的大卫素描

窗门用它充满黏性的触手拦截食物，肥鱼的白肚皮
在闪电中，频繁的闪电狼藉。不像那神志健全的人被
拦在通往风暴眼的层层关卡之外，他这只无毛怪畅行
无阻，同时投下海火山状的阴影和能杀死哨兵的心跳。
他转动头颅，情景构建的基柱就随之偏移，各灰度的
图形遮罩在他的鼻梁上滑动，好像有神明为他打光。

2019-10-10

老苹果罐头的酸味

砖墙崩裂垮塌，老苹果罐头泄露出诱人胃疼的酸味。他呼吸这发麻的沾满绒毯的雾气时，仿佛病情发作的哮喘患者，完全依赖气管舒张剂求生，一旦症状缓解，几乎是肢体反应的终结。突发性胸闷到临近失明的状态过渡，气促，因光以底漆乳液的质感浇灌而陷入喘息，蛮力在他身体的曲面上均匀地悬浮式附着。

2019-10-25

对“蛮力附着”的扩充

向大卫屏息压制的欲望自荐，尖牙磕破油桃的涩皮，
或手指从罐头里抽出来，迅速淋湿他的肩膀。升调，
几乎到了发狂的顶点，阻断球，搅在鸡蛋清里的蛮力。
油桃和手指密切关联着：如果大卫的受光面是幻觉，
那么女俘欢乐的长夜也是，她跟在理智后头蹒跚，
只为饮满舌的苦汁是，为了两虚寸的慰藉淹死也是。

2019-10-29

镜中：调香师大卫

她自食身上引诱调香师行凶的气味，然而远不足够，
活体的创造如河的涌流。靠近，迫使她前倾，发掘
用脚趾抓地，抓盥洗室地板的碎砖。抬高她身体的
水位，再按低肩膀，洗手池于是注满液体的少女，
镜中影像饱胀。当她回身对峙堕落为山羊的大卫，
当她放弃，用止血钳拉出颈部动脉，送到他嘴边止渴

2019-11-25

一个在萨诺的雨天

静步，防御学基础。被视为创造性反杀的片段不需要
计划按键顺序，如同剪辑视频时抓心的节点，长按
拉伸，清除背景音，无转场衔接，给它明亮的独特性。
为死去的队友鞭尸，绿血从敌人蜷曲的肢体冒出来，
符合液体迸溅轨迹的抠像布，消散成气味浓烈的雾霭。
以前（他是新手，爱模仿非吸烟者在烟鬼堆里皱眉。）

2019-12-06

透视孤儿

饿马，而非透视孤儿。我受虐的嗜好调和他香蒲般迷惑同类的表演习性，或同类近似于待击杀的猎物？总时数 254 小时（过去 2 周）。“你因 CharCHH 的 M24 命中头部倒地。”仿佛魔鬼短促地啼叫，铁丸中压缩的残暴在他眨眼时剥落，如佯装佝偻的强者突然摊牌。“穿梭过空气的弹道锁定，比你的掩体更可靠。”

2019-12-09

破旧雕塑

快退：启动前拇指未磨去的银瘤嗡嗡嗡回复命令，
一撮撒过去的银质颗粒（如芝麻）结块，输送养分给
细纹的存储舱。2 倍速：颅腔已抽空如死螺的毛坯房，
替换为别种换算方式的时间、民族、籍贯？口供是：
“我从没见过那盘录像带”，取明火再自塑为干草垛，
“我从没见过那盘从倒塌的雕塑下抢回的录像带。”

2019-12-28

废墟记

后来还原现场，装扮成观众的持棍徒搂着废墟痛哭，
他们抽噎的身体扭曲如电视机杂音，即兴舞表现噪点，
像是面对监考官随机抽取的考题而非良心，步骤烂熟。
精湛啊符合标准句法的应用，以墙面打磨机抛光的
长腔。毁坏即释放？大卫像，殉道者，因堆积坏的
语言而潮湿，他刷新微笑，给暴徒分发最基础的保佑。

2019-12-31

场　所

兑水、启动，劣质榨汁机搅拌的树冠往返窜逐，轨迹可辨
以至于让风的容器显形。让我的容器显形，“诗神缪斯
抛给我更艰涩的指引，而尝试拓宽个性的手艺日渐吃力。”
怎么跳出“我”去审视我？怎么转述跳的动态不用“跳”字？
解惑多简单：一盎司灰雁伏特加就能注满你的克莱因瓶。
只是受场所限制，我被钉牢在不把自己撕毁的投影中。

2020-04-12

咸池里的缪斯

突然？维持恒温的映射向四周掉落般失踪，咸池里
缪斯被类似冷流/异响/高明度念头的流弹击中。
好像深海发光的电子蜘蛛图像，预示某种降维入侵，
好像顺手反杀，“人类这个引燃篝火高喊的孩子”……
缪斯工期五分钟的“突然事件”中，你以为她天生的
蹼片，不过是装扮用的撕拉式皮膜，鳃盖同样。

2020-05-20

试描述听《小夜曲》入睡的过程

《小夜曲》里几个连续点弹的单音牵引困意的滚轮，好几道滚轮，前后交错的滚轮，运行轨道平行的滚轮，以事件上劲的发条般的滚轮。滚轮中机械咬合的声音逐渐覆盖“夜曲儿”。附：小提琴调式绵长像未冷却的热芝士，拉丝半米做牵引绳。

数条线索并进但不齐头的，无绝对关联的事件。

2020-06-21

试描述某种音色，特定情景下的，人的

即试拆解某种混沌的事物：形似圆柱，周身光滑，底面破碎，因拉伸而断裂的干面团断口样的破碎，圆钝的破碎，讯号群般律动，短促地弹出。弹出前无法预知，不能破译。音节的圆柱低沉，刮着他的喉咙。再拆掉起连接/包裹作用的螺丝和胶：蹒跚老人拖着铁锹在他声带上艰难地挪动，像是深夜，刮在水泥路面上的铁锹和他来自肺腑深处的咳嗽。

2020-06-23

浮世绘 C：钻头与气泡膜

全包围结构。气泡膜上轻微泄劲的圆形塑料泡
仍有被手指点压的痕迹，有万花筒中镜像般的褶皱
褶纹并无规律。不要低估以百计的柔软塑料膜的
吸附力，当钻头突破转速的下限，以极轻缓的位移
在你身体中抛锚，当它自行矫正冲击点的偏差，
我看见自已被猛地抛起，宛如光斑中浮动的尘粒。

2020-07-21

MIU 的地颤

以弹簧片变形蓄能，实际以人群倾泻欲望的手势变形蓄能的地颤上肉浪叠迹。软骨，曲线波动的最小组成，它们构成丘壑也时而单独跃出，随风力拉扯制造回声。设为私密：环顾后复刻，低保真图像中采样片段断裂，裂纹扭曲/无限细/无限粗/组合/循环可能病变，回声欠均匀，撞击着隐藏的苦刑梨。

2020-08-19

浮世绘 D：怠速

他发力后停下，像卡车发动机怠速保持时它的鼻息
减弱，推力拐点给我透明度瞬间拉低的幻觉：金属
钳爪与扳手在他体内错落悬坠，反复相撞。急救
推车的轨道铺设在隧洞中而我半昏迷的躯体在其上
滑行。或是点滴瓶叮叮当当，医生的中景/近景/特写
穿牛仔外套的医生，按压我因灼热而乳化的腐泥之躯。

2020-09-04

浮世绘 E：红白蓝雨搭

下面是受潮的柴垛，一说祭坛。“有时祭坛不过是
孩童手上浑浊的玻璃球，雨天尤其像 ”。于是孩童的
形象出现了：他多变情绪中的倒勾在雨雾里摆动，
尖塔，舌苔/祭坛神圣之入口，双开门，谁与之对接
谁就向自身中心塌缩。只以重力遮盖的红白蓝雨搭
为何能传递隔空的抵压，在柴垛中几根短的上方？

2020-09-13

在地铁车站

入口/出口，智能道闸机是无眼之筛？为何人们的期望抛进去什么也没有弹出？为何再生之轮狂躁地进食，它的鼠笼形叶片却如同停滞？人们机械地把自身投喂其中，逐渐失去四肢/躯干头颅？是早就没有了的。总有类似的偶像现身：有人在散热口醒来，头顶神光！他不属于天也不属于天外之天，然后……然后？“入口/出口，智能道闸机是无眼之筛？为何人们……”

2020-10-27

担　忧

1

我担忧黑夜如危崖小蛇，
它的信子闪动着细微的警告之火：
“去关注所有与我无关的。”
我担忧黑夜并不纯净，
它由无数个待合并的复杂图表拼成，
可经过我只用一个瞬息。

2

我担忧其他同性比我更轻易打开
窄口蜜罐的阀门，
那些得了遗忘症的，
以遵循人类惯有模式为豪的，
最终露出虔教徒的怜悯：
“是谁被雾气缠绕至今？
因她自信其关于自由的智慧。”

3

我担忧未经之事皆是重复，
总有片段重回，好像去年冬天
冻僵的野马又突然矗在眼前。
我担忧琴弓倦怠而高音部崭新如斯，
老人的卧室与婴儿房相邻，
门外一根琴弦在低沉地震颤。

2020-11-11

浮世绘 F：大灰象甲

黑暗中你摸它鞘翅上的纵沟，凸起的触角索节，像荒田中沟渠连着沟渠。你裤脚的湿泥巴与它前足中结满的鱼冻触感别无二致，但后者独有的岩洞地貌：石灰岩，笋形的碳酸钙沉淀物，它们分身的幻影重击你而不仅是纠缠。大灰象甲发狠收紧腿节，你就被短暂地囚禁在它的暴力中，无限拉伸的短暂，无解的囚禁。黑暗中它喙部密披的金色鳞片，随着沉默的上升旋律变换光泽。

2020-11-30

浮世绘 G：美凤蝶-雄蝶

向上垂直的凝视没有确切意义。你身上缀满图像性的语言有些溢出，成为流淌的隐喻。背光，像湖水被磨损，你翅膀上各色的鳞片和描绘它的词语皆失去光滑的细节。远离是迷惑性的修复，我不会，远离一只动物/昆虫/纸片鸟类，说它是天使也好。

总带着新和中世纪出现，在我头顶展翅，用冷灰色表现神光，荧光蓝铺底。有时凶猛，又以尾突之暖补救齿状外缘的缺憾。

2021-01-06

夜宿宏村

蟋蟀彻夜奏鸣间有急调，像是微物中传教士讲授要点，说痕迹或线索：其内心对理想国的构建，专注于直翅目的私心。遵循对话的音乐法则（令彼此愉悦）即形成意识形态，即号召英雄，即得好消息！牵涉到的观念之混淆或大成，异地的蟋蟀如何？居高位的蟋蟀如何？徽派建筑群内，它们的社会被置于遥远的历史，聒噪而长久的努力白费更不用说其中那几嗓微弱的童声。

2021-01-10

试描述白噪音：篝火

嵌套，篝火的尾声像皮鞭凌空抽打透过层层障碍物后残留的回响。哦音节叠压，因此没有尾声。寒风狂涂的背景，几十道鞭在城市各个房间抽打的背景，爆裂声高的低的针点式消失，又像抽在同一个人身上。总有辆疲惫的马车在你脑门上踱步，但不是来回踱步，它踢踢踏踏，无限地跑远几乎隐身，又忽然闪现，吊着神经，好似善于在瞬间完成加速，以实现某种递归。

2021-02-04

在青龙桥附近

（赠拓野）

拖拽镜面不锈钢的材质球给它，小户人家烟囱粗的钢管和
老化后被替下的建筑骨骼，这飞地如闹市之疤：废土，断尾的
工程。它们有没有可能是一道甜点？错了，拖拽斑驳旧铁的
材质球给它，薄荷叶其实是爆出河堤的灌木（既不是草地
也不是树林）做点缀用，或烧荒。渲染前要克制，沥青状
斑斓而难以搅动的个性只需刷上薄薄一层，高亮极易致死。

2021-03-14

试描述一次生活的集合

(给小孟)

两个陌生女人分别站在她的家庭旁边，挥霍自身的“能”
以便更好地顺从，顺从是教义，但明白地说出不是。
我猜想“光源”常常以抛弃和重选的形式出现在禁捕河段，
那是端倪：作为个体克制不同程度的僭越，比如杀人的
欲望。而女人，温驯如原料般的懵懂之身，永随着指引，
她们将身披亲邻的赞许，几乎没有内耗地退出这场轮舞。

2021-03-30

发条密码

发廊门口她扶着一个矮小的男人，骨骼发声器装在她
两只脚踝。向前，从黎明直接跨入黄昏，冷调的灰转入
暖调的灰，一整天，街道两旁嗡嗡震动的机械喇叭，
灯箱壳里滋滋抽搐的胶皮电线，机动车、非机动车和人，
都在这种衔接不当的过渡中失去了自身的声音，她同样哑，
只是张嘴和听，只是站着，身体露出电子图像的雪花破绽。

2021-04-14

迷逝倾岛

海岸线上隐身于暮色的旅客不构成哪怕一个独立的像素点，他的颜色与玩闹的、亲热的、怄气的旁人无异。对成年的海鸥来说，孤独不具有特殊的气味，什么都比不上贴近海面在恐惧中冒险的鱼或踩着潮退去的小蟹令它目眩。他们没法互相分享冷风袭来……（旅客：大脑像是被整个取出用青藤椒熏香后放回），（海鸥：同伴彼此依偎，妄想掀开饥饿的穹顶）。

2021-04-14

第三只眼

比敲钟人更笨重的自动摆臂锤长-短-长地撞击青铜器皿，
声波球状闪电般荡漾出去，在巨大塑像的脚背上滑行。
不多时，重锤变化形态为纤维丝，拉扯至断裂处坠着
两串苦涩的果实，更苦涩的在它们身后的母体中。
浮莲被蚊子搅动的光覆盖，水缸破损的缺口形成乐园：
六足亚门，有翅亚纲，在这样缓慢推移的日光下群舞。

2021-04-14

花的阴影

想象中的花田也令我腮内发酸，它们过于密集了好像我
咬下一大口面包后不得不艰难地咀嚼，咀嚼时持续发酸。
我走向远处的篝火堆，曾经它熊熊地燃烧而现在只剩
烧黑的木棍，几个孩子留下的痕迹活不过今晚，
更远处的村庄也在回避，花田凭空降落犹如皂荚果的
汁液滴入油污之湖。它失魂般坐着，任由黑暗裹上盔甲。

2021-04-15

悲伤的镜

（致 SIIIG）

独舞，在独居系统的内部，跳跃造成的舒缓的颠簸拖动脚镣，
必要之镣，如同玫瑰永被缚在茎的培养皿上，如同惊叫之于
睡梦，液态之蛾汩汩不断地流入吸顶灯。其实是圆舞厅，
是多枝的银质吊灯，其实是双人舞，和她不固定的虚幻的舞伴。
每天晚上，他们从储物柜的顶格横步/超长步至窗台，在通往
自由的入口用力刹住，当她返回，全身镜的底片只留下残影。

2021-04-15

第六片海

海鸟，说“响彻”很不准确，我一失神那些叫声就消失，飞翔着翻转着的叫声渐远/淡出，无法为观光者占有。有人拉小提琴，在海边的餐厅走廊，巨型岩石上，他把乐声向外推离自己的身体，用餐的人们随手揽下一嗅，放开，如同放开一个正在游泳人。于是乐声传到海鸟的阵营中去了，文明的和野生的这样交汇：浅水区的人竭力往深水区一跃，深水区的人竭力往禁泳区一跃。

2021-04-16

秘密护士

起初他试着让自己的视线变重，成为胶或废铁，他希望看到
病友家属吃力地掀开它，没准投来不解的眼神，啊，一个注视！
他也练习透视，跟弹过道尽头逃生指示灯闪烁的曲调，不再
因为有人站在他的视线上中止。这个舌头紫得像赤甘蓝的孩子
在旷日持久的练习之后，终于不用时时盯着它看，指示灯也已经
气若游丝，记忆深处与其气息匹配的微弱的归属感凝固在地
板上。

2021-04-22

婚姻的预测图景（节选）

……

5

这是哑谜。但我们都厌倦了猜谜，对一个
除了流泪别无他法的少年来说，谜底是废墟，
残城而已，是丰富的渣滓的混合，实际上是
双色光的混合：倾向于强势的那方，
色相是双方拉锯战的结果，纯度却是最饱和的。

6

是丑，只在理论中存在。你想找一个“我不同”的
短语，还是满足于隐匿必然的未来生活的意图？

7

我们首先失去清晨，河滩潮湿的石子气味被雾卷着。
夜钓的人收起鱼竿，咳嗽到身体发颤，一边又把
缩到膝盖窝的秋裤扯出来，用袜子口箍住。
他在窄窄的观景道上滑冰，但没有摆动双臂，

仿佛只有意识在运动。回到家，
悄摸开门，放好渔具，刷锅，煎蛋，溏心蛋，
撒一撮盐等妻子醒来。希望以此减轻妻子对他
彻夜不归的责骂——一种猿猴般凄厉的哀号。

8

她发霉的灵魂在卧室墙壁上攀爬，客厅也被铺满，
触手伸向门铃。不，这位夜钓者还没有动身，
他想象中撒盐的手紧握钓竿。
在这样的清晨，他被揉进河滩并成为河滩的一部分，
他的模拟练习挨到将死时分：也许妻子已经醒来，
她愤怒的触手正编织着捕兽器，笼中倒插着
刺刀，由密切注视和反问后的安静制成。

9

他咧开嘴巴，假笑。仿佛幼年面对医生的注射器时，
试图以笑固定表情去化解即将来临的痛苦。

10

“早饭时间”。于是一个你熟悉的记忆混合场景，
经验的场景搭建起来了：二、三、四个人围着
方桌、长桌，阳光照在不锈钢长柄勺或洗碗池上，

你眼睛的高度随着细节挪动而变化（你注意到
哪里，哪里就不断深化细节）：女主人的
围裙上有干画笔质感的油渍，她正往餐桌走，
端着盘或碗，本该被发卡固定住的头发
跳出一两绺儿，几乎是同一瞬间，她单手
挽救了这个失误。

11

然而你记忆提供的图像既不可信也不严肃，
甚至连摆拍照片的时间成本都没有付出，
它倏地闪过，你认为那就是人类世界
运行之规律，日子结构之梢。

12

你有没有注意过对某件事物丧失观察欲是怎样的？
你不再直视它，你的目光直接穿过它，
更多时候你垂着眼，永不会看到它的顶面，
并非俯视或看低，而是它的上半身实质已雾化，
展示给你旧貌的外观罢了。

13

像菜刀，割伤我后才变成“实在”，

刀刃、刀背、刀柄连同它所处的位置，
我通过何种方式确认它的位置？
这种确认不正是恢复观察的形式吗？
正如你爹毛了，我看到了“毛”。
我还看到密密麻麻、因静电而蓬松的毛
如何在逆光的背景中变得唇纹般清晰。

……

2021-04-24

图书在版编目（C I P）数据

暖沙 / 闫今著. -- 武汉 : 长江文艺出版社，
2021.9
（第 37 届青春诗会诗丛）
ISBN 978-7-5702-2279-7

Ⅰ. ①暖… Ⅱ. ①闫… Ⅲ. ①诗集－中国－当代
Ⅳ. ①I227

中国版本图书馆 CIP 数据核字（2021）第 127031 号

暖沙
NUAN SHA

特约编辑：丁　鹏
责任编辑：谈　骁　　　　责任校对：毛　娟
封面设计：璞　闾　　　　责任印制：邱　莉　王光兴

出版：长江出版传媒 | 长江文艺出版社
地址：武汉市雄楚大街 268 号　　　邮编：430070
发行：长江文艺出版社
http://www.cjlap.com
印刷：中印南方印刷有限公司

开本：850 毫米×1168 毫米　1/32　　印张：3.75　　插页：4 页
版次：2021 年 9 月第 1 版　　　2021 年 9 月第 1 次印刷

定价：46.00 元
